歌集
時剋
本多稜
本阿弥書店

時刻　目次

装幀　花山周子

歌集 時刻

本多稜

二〇二二年八月二日　健康保険組合診療所

くれなゐの薔薇の一輪胃の底に咲かせたるわが戒めの神

八月三日　緊急検査入院　武蔵野赤十字病院

自らの身体にまで裏切らるるわれか胃の腑に申し訳なし

八月四日

身も時も腫瘍は喰へり今までにわれが奪ひし誰かの時間

八月五日　退院

熟したる桃の繊維を押しつぶす舌のよろこび病みて知りたり

八月七日

実らせる実の定まれば瓢簞の若き実なべて取り除くなり

ミニトマトを覆ひてゐたる甲虫の房を房ごと踏み潰す音

八月八日　東京医科歯科大学病院　ＰＥＴ検査

星いくつ転移はいくつ病院の診察券がまた一つ増ゆ

八月九日

百名山また一つ制覇したりとの友のメールが今日のよろこび

八月十日

過去を引き摺り今現在の泥沼と未来の蜃気楼ごちや混ぜに

八月十一日

「颯爽と旅に」と独りごと言へば「サツマイモ食べに」と中三の娘

葉月とはかういふことか伸び上がり夏のみどりが夏空を吸ふ

こんもりとかき氷の木サルスベリ子どもの頃のはなしを話す

八月十二日　重慶厨房

ほんたうに胃の腑切られてしまふのか夏季限定のメニューを頼む

育ちゆく若手の異動よろこびて冷やし坦々麵のピリ辛

八月十三日

ひたに死に向かふ細胞身の内にあれど脳《なづき》はなんにも出来ず

八月十四日　銚子丸

しめ鯖にイワシと続きわれコハダ息子ハマチと道別れたり

まだ食ふかまだまだ食ふよ本まぐろイクラ軍艦次男独走

八月十五日

胃壁への浸潤進み前線はこの身の内にありとよキーウ

八月十八日　武蔵野赤十字病院

ラッキーセブン⁉消化器科プラス外科の分採血瓶が七本に増え

聞きたくても聞けず言ひたくても言へず未だリンパ腫か癌かわからず

骨肉腫の可能性もあるらしい
食べられてゐても栄養失調に外ならず臓器取らねば転移進むと

説明についてゆけないわれにはただ脾臓膵臓画数多し

物置きのどこだつたつけ燃やすべき写真残つてゐるかも知れぬ

踏み台にしてきた過去に踏み台にされてをるのか空が遠いよ

五倍速で生きれば元を取れるかと平均余命調べて思ふ

受験生二人もをるに愛ほしくてならぬは妻のポーカーフェイス

自分にしか詠めない歌があるのだと開き直って八月の空

八月十九日

三十年計画を今朝は立ててみん空に絹雲伸び伸びとして

好きなことを好きなだけやつてきたんだろ　アスファルトに転がるアブラゼミ

八月二十日

休もうと身体は言つてゐるのだが義務感がついて来いよと叫ぶ

階段をとんたか降りてお母ひやんごはんと寝ぼけまなこのむすめ

うまぽよはうんめーといふ意味だよと面倒臭さうに娘は教ふ

八月二十四日

無花果のうすむらさきのあかるさののんめりとして喉を過ぎたり

八月二十五日

身の芯に悪性新生物育ち行き場どこにも無き流人かな

八月二十六日

薔薇の名は知らされず未だリンパ腫か胃癌か見分けつかざるままに

八月二十七日

入院の必要書類まだあるか読みきれざれば麻酔のごとし

八月二十八日　役員会議

言ふべきこと聞くべきことを溢れさせ明日への橋を架けておくなり

八月二十九日　帰省　浜松

われが問ひ父が答ふるまでの間をゆたかに草の虫たち鳴けり

榁《かうのはな》を替へて頭を墓に垂る　務めを一つ果たし終へたり

八月三十日

八方に枝を振りあげ夏雲と夏蟬のこゑ集むる欅

ゆるく濃く家族時間を咀嚼せりひろしま焼きのうす皮を噛む

引き潮に攫はれてゆく石たちを一首一首と思ひて詠まむ

八月三十一日　入院　武蔵野赤十字病院

夏を吸ひ秋を吐き出すガマの穂の変はるべきわれ変はりゆくべし

玉子焼き鮭の塩焼き白ごはん何といふ明るさよ入院の朝

消化器科外科経てつぎは血液科スタンプラリーといふにあらねど

九月一日

しばらくは動けぬわれにありがたうぽんぽん咲きの百日草《ジニア》のメール

同意書多しサインする間も増えてゆくがん細胞の速さよ数よ

紅バラのロビンフッドが二カ月でパパメイアンになりたる腫瘍

九月二日　手術

温泉の浴衣のやうに手術着を着て出棟す腹を括りぬ

ゆつくり眠りに行つてきますと妻をハグ振り返らずに手術室へと

わたくしの平常心はいつまでか蛍光灯が過度に明るし

腕垂らす手を前に組む迷ひつつ長時間手術の説明を受く

固定されメガネを取られ委ねれば心音すこしペース落ちたり

硬膜外麻酔

まんまるに背を曲げ針を惑星の軌道に乗せるやうな感じで

ハイウェイのライトのごとく蛍光灯ストレッチャーにわれの運ばる

総合集中治療室

海溝の闇の深みに降りにしかおぼろげながら麻酔より覚む

胃および脾臓の全摘、膵体尾部切除、リンパ節郭清

痛みといふものの分類試みれど身の芯に鈍く重く響くは

摘出できるものは摘出したとのこと

北斎のをみなの陰を吸ひにける蛸のごとかるわが腫瘍とか

九月三日

鎮静に鎮痛麻酔三剤に意識なき死をたまはりて来つ

本当に痛いよ痛い行き場無き痛みなればモンブランの頂想ふ

リハビリ

辛うじて点滴棒にしがみつき砂浜這ひて行く海亀よ

ロボットがチャカチャカ腹の悪物を除去するはずと想ひてゐしに

生きることそのものを生きる目標にせざるを得ぬのかと思ふまで

九月四日

半リットルの尿が摩羅からほとばしり管としてはまだオレは優れる

借り物のいのちとおもひたくはなし水さへ飲めず受くる点滴

家族には見せられぬ嗚呼腹に腕にチューブ数多のスパゲッティわれは

九月五日

クールベの筆がルノワールのふでに　あしたの雲の溶けてゆくなり

洗面台が今はゴールぞ肉落ちて点滴棒に縋りて進む

樹幹から蟬が口吻抜くやうに背中のチューブ取りてもらひぬ

九月六日　術後分割食1号

つぶし粥にかき玉汁をいただきぬ胃を取りしより四日目にして

眠剤の一つぶ白くひかりをり今まで口にせしことなきに

凭るるといふ頼もしさありにけり胃の腑その楽しみごと失ひぬ

九月七日　術後分割食2号

やつこ豆腐の上のかつぶしに醬油染み口蓋につぶさるる確かさ

九州に旅に出し子が桜肉タテガミの写真送つてくれつ

造影ＣＴ検査

身に入りし造影剤のぬくもりのひろがり覚ゆ星雲だらう

九月八日

病室のホワイトアウト三方を囲むカーテン開いてもまた

人生が不意にわが胃を取り除き生きる速度を思ひ直せと

造影剤画像診断　入院延長

山の端に筋雲ひとつ湧くやうに吻合部から漏るる影見ゆ

末梢留置型中心静脈カテーテル挿入

点滴の滴のひかり生かされてゐることずしり五十四歳

花束を見上げて愛づる心地かな絶飲食の点滴ぶくろ

雪山に遭難中のわれを想ふアメのみ許されゐる病室に

九月九日

ギリシャの神話の神の名にあらぬ腸閉塞《イレウス》おそれ身体動かす

一首作りわが細胞を一つ増やすがんに取られたら取り返すべく

九月十日

やはらかく筋肉と皮ふ萎みゆく　否、治癒に向け熟しゆくわれ

九月十一日

空回りばかりだつたなじつくりと時間ぐすりの効くをただ待つ

九月十二日

ドレーンの抜去縫ひ目の抜鉤のちくりちくりとわれを取り戻す

九月十三日

空洞を埋めゆく腸の蠕動の痛みがわれに促す覚悟

九月十四日

朝焼けに目をやりながら腕あづけ日課となりし採血を受く

九月十五日　造影剤画像診断

糸屑のやうなる漏れの影見えてしまひたり絶飲食脱し得ず

腫れも無く熱も持たずに傷口がキレイですねとなぐさめられて

いちめんにユーパトリウム咲くさまをたまゆら空は見せて暮れゆく

朝富士のりんかく空に溶けてゆくやうに縫ひ跡消ええぬものか

九月十六日　末梢留置型中心静脈カテーテル抜去

お隣りの病棟にさへコロナゆゑ移動禁止なりならば外へと

点滴の合間脱走こころみてヒマラヤスギの幹と抱き合ふ

サルスベリの花と握手しガラス無き空を仰ぎて病床に戻る

逆血良しとの声洩れてあたらしくわが静脈に管の繋がる

健常を捨てし身体は死ぬるまで一日ひと日を花と思へよ

九月十七日

ぽつねんと大部屋にひとり残されて三連休の雲を見てゐる

クリシュナとラーマのちから頼むなりトゥルシー二種の生葉を淹れて

トビウオが鰭を翼にかろがろと海面を飛ぶは胃を持たぬゆゑ

九月十八日

十余り九日雨の音もせぬベッドひとつに住む身となりぬ

九月十九日

台風は去りつつあれど今日もなほ点滴のみに生かされてをり

九月二十日　執刀医面談
　末梢性T細胞リンパ腫非特定型（PTCL-NOS）と判明

自爆テロ起こすとはゆめ思はざりき胃を突き破りたるリンパ球

余りものみたいな病なのだらう除外診断的に括られ

かがよへる汝窯の壺にあらずわが脾の画像なり切られ消えにし

初めてにして見納めの襞の壁有り難う御座いました胃の腑よ

流動食再開

おごそかに醬油をかけて十日ぶりに硬口蓋に豆腐をつぶす

味うすきコンソメスープ日常は遠しされども取り戻すべく

九月二十一日

吻合部からのドレーン見えてゐるわれを見ぬふり守衛さん有り難う

病院の隅の荒れ地の朝露にまみれモーニンググローリー在りぬ

まず足を上げることから始めよう地を蹴つて地を離るるちから

一般流動食

清汁を畏みて飲むあをみどりのコンブが二つ揺らめきゐるを

頑張つてますねその調子ですよと外科病棟の「ガス」と「お通じ」

沈むべきところまで沈み反動で海面へ空へ飛び立つてやる

退院日決定

ホチキスの針引つ張られ皮膚を離《か》り空駆けながらビニル袋へ

二十日ほどわが身となりてゐたる管のぬぬつと腹を出て行きにけり

九月二十二日　術後分割食3号朝食

噛みつぶす固形物蕪のそぼろあん進化遂げたるごとき心地ぞ

同昼食

白粥とともにしみじみ箸に分け歯にほぐしゆく鰈の煮付け

同おやつ

向日葵といへばゴッホのめらめらの黄をおもひ食むフレンチトースト

術後分割食4号夕食

煮浸しのハクサイ光り味噌汁にカボチャあかるく身ぬちを灯す

九月二十三日　退院

手首から名前テープを切り取つて自分で自分を世話する人に

さうなのかさうだな妻に言はれたり台風なのよ手術といふも

九月二十四日

めらめらとむらむらとダリア妬ましきまでにふてぶてしく赤黒し

ニンジンの列崩さずに間引きせりそして落ちこぼれが消えてゆく

体幹は薄れ消えゆくものと知る術後立ち漕ぎできぬ自転車

九月二十七日

四分の一合の米研ぎつつも八分の一合しか入らぬ身

昨晩のスープの残り混ぜて炊くリゾット日々を継ぎ身を保つ

九月二十八日

秋晴れの朝のランナー筋肉を落とししわれの脚をいざなふ

九月二十九日

むらさきの萩の波揺れもう少し歩いてみんか橋を渡りぬ

萩咲いて金木犀は匂ひ初むわれの体重戻らぬままに

碗に残る粥のさいごの一口がどうしても喉を通らざりけり

九月三十日

にくたいがわれを去りゆく日のための心を花に移すれんしふ

メヒシバは囲みオヒシバ堂々と共に譲らず穂を掲ぐなり

十月一日

止まらせるなよ終点を思ふなら手繰り寄せよ溢れさせよ時間を

目に見えぬ鎧むりやり着せられてゐる感覚に腰が重たし

十月の南瓜を割ればみつしりと白浪たててもやしの溢る

上席の胃が失踪し苦しいかされど小腸粛々と頼む

十月二日

枝先はまだあをあをとしてをるに古き小楢の粉を噴く根元

どんぐりを幾十年も振り撒きて子孫残ししや枯れゆく小楢

ヤマフジは右巻きノダフジ左巻き葛藤にまで至らぬ悩み

十月三日

出社せんとひと月ぶりの日本橋われより速く歩く人ばかり

十月七日

チョーガンバレ、ジューモーガンバレと娘がわれに　確と消化せよ腸の絨毛

十月八日

奈落への滝までの川あらがはず焦らず覚めて流れゆかんか

一〇〇kmマラソン《ウルトラ》も山岳レース《トレラン》も歌でやるのだと上がらぬ脚を上げつつ誓ふ

雲の間に栗名月のあらはれて傍にたまゆらジュピターの見ゆ

十月十日

走れぬは脚といふより背筋を失ひし所為　一日五食を

十月十二日

はうたうの味薄ければ直に味噌ときぬ健常者を目指すべく

白色を病院色とおもふとき耀ふばかりべニザケの紅

十月十三日　虎の門病院　セカンドオピニオン

何万種もの蘭は分類されたるにわがリンパ腫は特定されず

希少性さらに細分され定かならず然らば治験すべしと

掬はれぬ砂の一つぶ非特定なる病型と片付けられて

期待値と確率論のいたづらに振り回されてたまるかよ馬鹿

十月十七日

気持ち良くハムストリングス痛むなり筋肉戻り来る嬉しさよ

十月二十日

何事も無き日となれよ池の面にスワンボートのスワン映りぬ

十月二十一日　武蔵野赤十字病院　入院　化学療法CHOP開始
CHOPとは、Cyclophosphamide（商品名エンドキサン）、Hydroxydaunorubicin（別名ドキソルビシン）、Oncovin（オンコビン）、Prednisolone（プレドニゾロン）のアクロニム。

吐き気止めグラニセトロン静脈に入りぬCHOPの前哨として

オンコビンその冷たさに驚きぬCHOP先鋒血に混ざりゆく

朝焼けの色の液体体内にドキソルビシンわががんを撃て

十以上ある副作用ぞくぞくとプレドニゾロン注入されつ

狂ひたるわが細胞へ点滴のエンドキサンの祖は糜爛剤

受け入るる他無しと識りトリセツに従ひわけのわからぬ液を

歌は盾矢ともなるべし詠みて詠みて歌ひ潰してやるぞリンパ腫

十月二十二日

副作用とはかうなのか幻の胃の腑と脾臓うめき疼きぬ

点滴は外されたれど一日に二十二錠のクスリのノルマ

十月二十三日

ちはやぶる神の除草の戯れに多分ぢいぢになれないだらう

てふてふの翅掠れたり親よりも余命期待値短きを恥ず

十月二十四日

株式《エクイティ》売つて債券《ボンド》を買ふやうにはならぬよがんは不透明感の塊

ZOOM面談一つ終へし後同僚に点滴が見えてましたよと言はれてしまふ

担当医面談

生存率ダダ下がりなる線グラフ直滑降われに滑り終はらせよ

あたらしく時と人とが戻り来る幸を病にもらひたるとは

死んでもいいとの褒め言葉安易には口に出せなくなり秋澄めり

十月二十五日

生ものの旅となりたる日常をわれに賜へる病を得しや

十月二十六日

まな板の鯉とはいへど三食に昼寝もついて病棟暮らし

富士の雪陽を吸ひ空に溶けながら病棟の外へわれを誘ふ

十月二十七日

むらぎもの心保たむとおもふなれど気を抜けばリンパ腫に所有されさう

意味意義の着膨れ価値の乱反射脱ぎ捨ててひかりの源を見よ

十月二十八日　退院

十桁のＩＤ年齢は月単位　ひと日ひと月一年いのち

子には塾われに病院合ふ合はぬありてされども桜の紅葉

グラタンと塩せんべいの雄弁に退院したる舌と歯が酔ふ

十月二十九日

ひらがなはおほらかずぼらいづれにせよ血液がんは癌にあらざる

穭《ひつじ》つかみ田から剝がせば針金のごとき稲の根陽に輝けり

ザクロ空に割れてわれには医学より命が大事生き方もまた

十月三十日

十二指腸よ実はお前は胃なのだと言ふだけ言つてみようかなあと

十一月一日

腹に洞ありてはらわた定まらず走れるまでに恢復せしに

十一月二日

連作は無理と悟りて転作があるぢやないかと遺族年金

十一月四日

黄金の一身ふかく空に挿れ風を奏づるユリノキを聴く

十一月六日

足もとをふと見下ろせば地には在れど我が両脚は土俵の外か

落葉樹の身と思ふべし副作用に抜けやまぬ髪の指に絡みて

腹広蟷螂《ハラビロ》の惨ならぬ燦　霜月のピンクの薔薇に乗りてイむ

十一月七日

櫛に毛が生えてどうぶつみたいだと見せれば妻も笑ふ他なく

十一月九日

袈裟を着て托鉢せよと妻の言ふそれも良いかと思ふ秋晴れ

十一月十一日　CHOP二回目

ロゼ色のアドリアシンが注射され三時間後のロゼ色の尿

十一月十二日　砧公園

ダブチーにビッグマックも受け入れて稼働せりわが胃無し内臓

五島美術館　西行展　一品経和歌懐紙
わたつうみのふかきちからにたのみあればかのきしべにもわたらざらめや　西行

わたつうみの荒るる日もまたこころ湧きかの岸辺へと渡りきるべく

しばらくは多分死なないあかあかと返り咲きのサツキ午後の陽を受く

自らの毛を抜きあはれミノウスバ産みしばかりの卵に被す

十一月十三日

ふくらはぎ肉の落ちれば皺増えてこの軟さわが意図にあらざる

胃がもたれるぢやなくて胃はもう無いんだつたと呟けば妻と娘がわらふ

十一月十四日

食道が体から逃げ出しさうで何にも容れさせてもらえない

コスモスの朝日に透くる輪郭のくきやかに死が可視的となる

十一月十五日

胃にずしりとふ感覚の懐かしくチーズケーキを食むは心眼

炎症を喰らふ恐竜のタマゴたれプレドニゾロン十粒を飲む

医師を待つ製薬営業《エムアール》さんの列を過ぎわれに財政的《フィスカル》ブラックホール

十一月二十日

背から腿ふくら脛へと筋肉が痛みとともに甦る　走る

十一月二十二日

大麦は列を崩さず芽を出しぬ畝踏みし子の足跡からも

十一月二十五日

どこでもがどこかでとなる生き方のダリア一輪暮れ残りをり

アスファルトから公園の落ち葉道地を押す音を脚に吸ひつつ

十一月二十六日

秋空に鯨のジャンプ青首《あをくび》大根が身をくねらせて地を出でんとす

二割落ちて戻れぬままの体重をむしろ活かして駆け抜けんかな

十一月二十七日　三鷹市民駅伝

がんばらなくてもいいけどまあ頑張ってみてと送り出されてきたる朝なり

振る腕に地を蹴る脚に風を生みいま一瞬を響け体幹

晴れ舞台に脚は力めど空気もう入らねえぜと肺の反逆

俺なのか俺なんだよな若きらに中学生女子にもささつと越され

青信号でも向かひ風血液がんステージⅣの第二走者に

声援のひとつひとつが羽根となりさあこれからだわが背に翼

タスキ渡すまで頼むから赤血球白血球よ脚のために働け

抜かれしも抜きたるもタスキ繋ぎ終へおつかれさまと声をかけあふ

腹ひらきし日より七十四日経ちなんだかんだと駅伝も終ふ

十二月一日　CHOP 三回目

暴走せる免疫細胞を滅ぼさんとわれに異物の化学式充つ

十二月三日　秩父夜祭

貧血と吐き気を抑へ込みながら見るべきものは見て身に納む

打ち上がるスターマインに背を向けて余韻満ちつつ駅への道を

電車から右に左に花火見ゆ生きてゐればかういふこともある

十二月四日

しらす一つ茶碗に残りをりたれば箸に摘みてよく嚙み食す

うめえなあこのバカヤロウ採りたてのダイコン煮ればそのやはらかさ

十二月五日

脳《なづき》へも転移ありうるとすずやかに説くをわれの眼いかに受けゐし

何をたべてもゴムのやうなる　あと二口あと一口ぞ食はねば痩す

アスリートかがん患者かに見ゆるらし初めてわれと会ふ人の目に

体脂肪率5％

サブフォーを目指してみるかタイムではなく体脂肪率のことといへども

ほろびゆく軀ほろびたくなき心張り詰めて師走つきあかり鋭し

十二月八日　静嘉堂文庫美術館　曜変天目茶碗

底なしの青の深みに溺れつつ茶碗一つに吸はれてゆくも

十二月九日

「たられば」の向かうに「はず」のあるべきに逃げ水ばかり追ひ来しわれか

味覚からうま味の消えてゐしことの日陰の薔薇は花を付けざる

変はりたくないし変へたくないことも「でも」を繋げてバラの新梢

十二月十日

最高のぜいたくは人に囲まれて病気になることと妻に諭さる

十二月十一日

急がねばならぬ急がねばならぬ麦むらむらと萌ゆる師走ぞ

生後五千五百五十五日目むかへたる娘を祝ひ食むハンバーグ

十二月十四日　神代植物公園　ショクダイオオコンニャク

シロナガスクジラの喉を想はせて仏炎苞はすくりと空へ

ウミウシの触覚二本いや五本茎と葉伸びて苞も膨らむ

十二月十五日　ショクダイオオコンニャク

気遣ひはときにガラスの壁をなし病ゆゑもう呼ばれぬ会議

十二月二十一日

十二月二十二日

いづれまた一つ二つと消えゆくを怖るればああ臓器は灯《あかり》

十二月二十三日　CHOP四回目

ずわずわと項に尻に電流のさざなみ針とチューブが腕に

ショクダイオオコンニャク

産卵の川遡る胸びれの擦り切れて苞の枯れ始めたり

十二月二十四日

「遅刻できない！」と言へばわが妻「口呼吸できない？」と取るクリスマスイブ

十二月二十五日

五倍速で生きんとアドベントカレンダー五つ買ひ穴だらけのクリスマス

十二月二十七日

咲き終へしショクダイオオコンニャクの仏炎苞うなだれてなほチューバのかたち

十二月三十日　餅つき

蒸し具合芯なきことを確かめて湯気立つ米を釜から臼へ

半殺しの米のこのうへなき美味さ杵の先からこそげ取り食ふ

ひと臼に二升の米を二十ほど搗き終へ暮れを迎へたりけり

顔よりも大きな白菜持ち上げて白菜よりも大きな笑顔

二〇二三年一月一日　三鷹電車庫跨線橋

初富士は裾まで白く新しき朝の空を地に据ゑゐたり

一月二日　武蔵境杵築大社

胃の無くば唾液増やして下さいと富士塚に登り手を合はすなり

一月四日

まだ足りぬではなく既に足りゐると思ふべしおもふべし池に薄氷

一月七日

詠み捨ててこころをすこし蒸散す日々あたらしき光を浴びむ

咲きながら乾びし冬のくれなゐの薔薇を撫でつつ日の落ちゆけり

一月十二日　石垣島

沖に向かひヒルギの大群駆け出せり引き潮なればその脚露《あら》は

一月十三日　バンナ岳

うつむきてアマゾンユリあまた開きをり逢へど目と目を合はさざる花

一月十九日　奥多摩

惑星群みどり明るく一月の地球すれすれに架かるヤドリギ

ほつほつと桜の新芽信じ合はうを死んでしまふに聞きちがへても

氷瀑になりゆく滝の水の音にツルウメモドキの赤の喝采

一月二十日　CHOP 五回目

オンコビンとドキソルビシンの連射受けゾゾゾ首に痺れの輪つか

エンドキサンも注入されて身ぬちへの焦土作戦五回目迎ふ

一月二十四日

冬ぞらに落つる滝あり根本より見上げ榎の枝ぶり仰ぐ

歩き見て心ととのへ歌ひとつ抗体一つマンサクの花

一月二十五日

体幹が戻つてきたり歩かねば歩きつづけねば失へるもの

胃を亡くし仇打たむと胃以外がなべて胃になるらし腹が減る

一月二十七日　関市に出張　安桜山

瘦せ尾根のかつての城へ登りゆけばあつけらかんと墓石の階段

枯れ葉踏み霜踏み凍てし雪を踏み音符生みつつ日の出まで少し

あかがねの蛹の殻を脱がせつつ日は昇りゆく雪の山々

走る　朝の山ここち良く汗滲み昨日の雪のシュガーパウダー

てのひらを大腿直筋に当てて一歩一歩づつ登る感覚戻す

二月三日

天ぷらを脳よ想ふな胃の無くば喉から下は別の生きもの

二月五日

九号目半にて下山するごとし最後の一口が口に入らず

二月六日

胃はエンジンといふポスター目に映りさうだグライダーだつたのだオレは

二月十日

脚ほそく毛も落ちたるを見せやれば「お父さんそれ理想のカラダ」

二月十四日　CHOP六回目　これで最後かと

採血室から化学治療室へ院内の最短ルートを足は覚えて

バラ色の尿とも今日でサラバにて六期六会のドキソルビシン

胃を取りて三月経たたぬにカツカレー平らげる強者もありと聞くなり

あぶら組アブラ学会塾終へて次男がソバを喰ふ吉祥寺

あぶらソバにマヨネーズかけると美味いぞと大学生が高校生に

二月十五日

白米がクスリの粒に見えてしまひ受け付けざれば雑煮を好む

二月十七日

きさらぎのヒャクジツコウの清しさをわが目は君を抱くごと見上ぐ

二月十八日

湯に浸かりふと手をやれば洗ふほどの髪なきことを知るたなごころ

二月二十日　西表島

欠航の港に風を浴びてをり水平線は揺らがずあれど

西表に佐太郎全集持ち込みて海荒るる日をやりすごすなり

潮風になぶられゐたるのみなれど歌にせざるを得ぬ心はも

二月二十一日

落ちる肉もう無きわれの薄皮を肋の上に撫でてをりたり

二月二十三日　稚内

出港の後は閉めんとする店に戸惑ひながら土産を買ひぬ

サロベツを抜けてノシャップ地平線水平線が途切れず続く

流氷の沖に流氷ひとつ見え樺太と気づくまでのたまゆら

二月二十八日

朋よ胃の無念を共に晴らさんとはらわたの皆を激励すれど

妊娠中と思へば楽になるわよとクリームシチューに苦戦しをれば

三月三日

こんにちは余命さやうなら寿命アディショナルタイムをもらひしわれか

三月十二日

勢ふは胃のある人の特権とつぶやきたくもなる春がすみ

三月十六日

おごそかにしてしなやかに結跏趺坐ドクダミの葉が土から一つ

三月十八日

「オジさんの邪魔なティーチングはやめて」ＯＪＴを説けば返さる

前例にならなれるかも前衛はとうの昔にあきらめにしが

昭和生まれの脳部長が胃課長の逃亡後ヒラの小腸に檄を飛ばす図

三月十九日　板橋City マラソン

新荒川大橋三《サン》・九km《キュー》江北橋八《ハ》・六km《ロー》晴れ晴れと走らせてもらふ

左膝が駄目なら右のあることの暢気さ羨ましさを無き胃が

振り向けば終はりが見えてしまひさうで川上へ川上へ風あびながら

給水の紙コップ道に捨てられて踏まれ潰されアスファルトと同じ色に

三〇kmを過ぎたる辺りへとへとを抜いてにこやかなるに抜かれつ

体幹を騙さず筋肉騙しだまし脳の嘘には騙されず走る

ランナーの点線途切れつつ土手に桜の花のほころび始む

口ひらかぬままにあーとしか声の出ず応援ありがたうと心は叫ぶ

ひかりつつ柳の若葉空に溶け胃無しランナー完走したり

三月二十二日

末の子が高校生になる春ぞわが家はつひに分蘖《ぶんげつ》期終ふ

三月二十三日

バスルームのミラーに見るは宗達の白き巨象か無毛のわれか

四月一日

得しものの大きさに気づかざるままにうしなひてゆくばかりよ桜

カプチーノを泡立てるごと春の陽を混ぜつつ鍬に土を馴染ます

四月五日

内臓を省いてしまひたるわれは後の時間を省かず生きよ

隙あらばアスパラは伸ぶのさばると生ひ茂るとの差など知るかと

四月九日

椿より山茶花　落ちず散り残れ逆縁だけは避けたきこころ

四月十日　武蔵野赤十字病院

理想とはイッポングソとぞ朗らかにわれに教ふる栄養士なり

十二指腸回腸空腸の三兄弟よ父の胃の腑は逝きしと知れよ

四月十一日

つぶやいてくれなくていい「あ、詰んだ」スマホ見ながら右側の人

四月十五日

ひそやかに自己介護せるあかときのあとかたもなく消えてしまひたし

四月十七日

ソラマメになりたかったか背伸びして弾けさうなるエンドウ一つ

四月二十七日　六義園

新緑にツツジの坂をクマバチの尻追ひながら藤代峠

くれなゐのツバメ楓の種の群れ揺れて若葉のかげのあかるさ

四月二十八日

内憂は永遠にさらばと思ひゐしにかの世から胃のファントムペイン

胃を棄てし後の一日いちにちを生きて前例づくりに励む

揚力をいかに保たむ滑空の見渡しながらいのちの残余

四月二十九日

ワタクシが葉脈ですと青虫がずいぶん太き葉脈となる

青虫を放り捨つればくろぐろと煙れるごとく蟻に覆はる

どれか生き残れば良いらしく大きさの同じ青虫さういへば居らず

五月三日

眉ぜんぶ剃るの流行つてゐるんだと言へる筈なく帰省を延ばす

五月九日

知命過ぎ吾唯足るを知るべきに胃の字は口の集合に見ゆ

五月十五日

癌も気合ひで治せよ後は任せとけと相も変はらずわが弟よ

五月二十二日

メヒシバに水をやりつつほぐしつつ根の塊を土から除去す

五月三十一日

わが一首わが一手なりリンパ腫は見えざる碁打ちかとも覚えて

六月五日

紫陽花の立体感よ腸《はらわた》が胃の代はりになるといふを信じむ

六月十二日　武蔵野赤十字病院

六十日ごとにリセットする生の腫瘍マーカーまた上限値

六月十六日

歌かつて翼なす羽根なりにしを今は張るべき根としてわれに

六月十七日

台風の過ぎて夏空しばらくはわれを信ずる天才であれ

六月二十五日

たくさんのロクデナシ内に積もり積もり胃壁破りて薔薇とひらきし

はつなつのあしたつゆ草あを冴えて胃の無きことの嘘のやうなる

七月八日

胃はどこに行つちまつたか五十五歳《ごじふご》の腹の真中に線路は延びて

七月十二日

頼るべき友の一人も無きに等し胃が無いんだよ夏日に灼かる

七月二十一日

整髪料の缶のほこりを吹き払ひ半年ぶりに櫛を手に取る

七月二十三日　短歌療法。ダンピングを詠んで治す試み。

わらび餅ひいやり喉を過ぎ落ちて十二指腸を修羅場と化せり

ガソリン車から電気自動車への転換をさうかさうかと我が身のごとく

野菜たちをわがheterónimo《異名者》にしてゆかむヘビウリとふも育てあげたり

七月二十八日　奥秩父主脈縦走　瑞牆山荘から大日小屋

水音の束を摑んで渡渉せり雨を含める道につづきぬ

コメツガの林に至るあたらしき緑鮮しき世界に入りぬ

脚で登る山から腕で攀づる山に　空へ身体を投げ出しあそぶ

山に迫る雲にはあらず陽を返す巨き岩なり視界ひらけて

瑞牆山

岩稜に吹き上げられて落つれども交尾を解かぬ蜻蛉を見たり

雨去るを岩陰に待つ目の前の道が小川になりてしまへど

直線に降る雨徐々に途切れつつ点になりゆく　なりたり　歩く

往きに手繰り寄せたる道が登頂ののち倍ほどに伸びてゐたるを

わがテントに山塊の雨集中し今日の第四楽章に入る

七月二十九日　金峰山を経て北奥千丈岳

玉響《たまゆら》の銀河　シートの朝露をはたき落としてテント撤収

梅雨明けの朝の山々谷ごとに雲のましろき羽根を放てり

雲海に湯浴みしてをる山々と心合はせてゆるりと登る

目の前の峰がより高きを隠す常なれどまた山は誘ふ

金峰山

五丈岩眺めんと立つ山頂の石の一つは浮き石なりき

踏まれ折れ切断されし根の先を握つて一つ岩を越えたり

夏雲に南アルプス蔵はれてゆくを見送る富士を見てをり

胃を捨てて十五キロほど失せたれば膝は翅を持つごと軽し

スギゴケのベッドに落つるシャクナゲの花あり道に踏まるるもあり

北奥千丈岳

山塊のピークハントも人生もただのゲームと言へばそれまで

ハイマツのなだりを霧が駆け上がり飲み込まるるや吐き出されたり

七月三十日

胃が消えて脾臓も無くて膵臓のかけら残つてゐて歌は詠む

七月三十一日

体重が底打つきざし覚醒を遂げし十二指腸ぞ天晴れ

八月一日

実は胃を取つちまつたと親に告げあをぞら透くる八月に入る

あとがき

胃に腫瘍が見つかってからの一年間に詠んだ歌を一冊にまとめました。病の歌を歌集にすべきか大いに迷いましたが、闘病中はずいぶんと歌に助けられ、その記録としても残すことにしました。

暑さのせいか歳のせいか体力が落ちたなあと感じていた二年前の初夏、医師から呼び出しがあり、胃カメラを飲むとモニターには咲きかけの薔薇のような爛れが映っていました。緊急検査入院となりましたが、生体検査でも何の腫瘍か明確にならず、他の臓器への浸潤が進んでいたため、八時間に及ぶ開腹手術を受けました。病名も知らずにごっそり内臓を取られるのは虚しいものです。

退院直前に分かった病名は、末梢性T細胞リンパ腫という血液のがんでした。免疫に関わるT細胞ががん化し、胃も無くなってしまいましたが、あれこれ考えて自分を納得させるよりも、ありのままを受け入れて時間という逃げ水を追う方が、終わりが直ぐには来ないようで気が楽です。残された時間を意識して歌集のタイトルを『時剋』としました。

出版に際し、第一歌集『蒼の重力』でお世話になった本阿弥書店の奥田洋子様にご配慮をいただきました。心より御礼申し上げます。歌で互いを高め合い支え合う「短歌人」の皆様、いつも感謝いたしております。歌のご縁を有り難く思います。また、新型コロナウイルス感染症が流行する中、私の命を繋いで下さった医療関係者の皆様には、御礼の申し上げようもございません。深謝するばかりです。最後に家族へ。本当にごめん。でもありがとう。

二〇二四年八月二日

本多　稜

歌集　時《じ》刻《こく》

二〇二四年九月二日　初版発行

著　者　本多《ほんだ》　稜《りょう》

発行者　奥田　洋子

発行所　本阿弥《ほんあみ》書店

〒一〇一―〇〇六四

東京都千代田区神田猿楽町二―一―八　三恵ビル

電話　（〇三）三二九四―七〇六八（代）

振替　〇〇一〇〇―五―一六四四三〇

印刷・製本＝三和印刷（株）

定価　二二〇〇円（本体二〇〇〇円）⑩

ISBN 978-4-7768-1692-8 C0092(3408)　Printed in Japan